PUES...

... ESTO *PARECE* UN SUICIDIO..., PERO EL CORTE ES LA *HOSTIA* DE PROFUNDO. A CUALQUIER PERSONA NORMAL LE DARÍA UN CHUNGO ANTES DE ACABAR UN TAJO ASÍ.

BUENA OBSERVACIÓN.

NO HAY SEÑALES DE QUE HAYAN FORZADO LA PUERTA...

AQUÍ TAMPOCO HAY NADA... NO SÉ, PUEDE QUE HAYA SIDO UN SUICIDIO. ¿O TIENE ALGUNA RELACIÓN LA VÍCTIMA CON EL SOSPECHOSO?

ES *POSIBLE*.

¿HAY TESTIGOS? ESO ES LO SIGUIENTE QUE HAY QUE COMPROBAR, ¿NO?

RONNIE, HAS ESTADO DOS AÑOS EN EL DIC,* DIME QUE ESTÁS DE COÑA.

*DEPARTAMENTO DE INVESTIGACIÓN CRIMINAL.

SIEMPRE.

HE HABLADO CON LA VECINA QUE HA LLAMADO POR EL OLOR.

DICE QUE NO HA VISTO NADA RARO, QUE LA ÚLTIMA VEZ QUE VIO A ALEC FUE EL VIERNES PASADO, QUE LLEGABA CON LA CENA.

¿ALEC? ASÍ QUE LO HAS IDENTIFICADO.

SÍ, ALEC WHITAKER, UN TIPO QUE VIVÍA SOLO Y AL QUE LE GUSTABA CENAR KEBAB LOS VIERNES.

NO ES UNA CENA MUY PIJA PARA UN CABRONCETE DE LA ZONA OESTE.

PUEDE QUE SEA UNA IRONÍA: COMIDA CALLEJERA GENTRIFICADA.

SERÁ MEJOR QUE LO INVESTIGUEMOS.

TRES VECES SON MUCHAS, KAY..., ¿O ES LA CUARTA?

YA TE HE DICHO QUE LO SIENTO. NO ME HE DADO CUENTA DE LA HORA QUE ERA.

COMO SIEMPRE, MIRA, ME JODE TENER QUE HACER ESTO, PERO...

¡NO, POR FAVOR! ¡NECESITO EL TRABAJO!

Y YO ALGUIEN EN QUIEN PUEDA CONFIAR.

HE DICHO...

¡... QUE NO!

PERDONA... QUE SE ME VA EL HILO. ¿QUÉ TE ESTABA DICIENDO?

ME HAS PREGUNTADO QUÉ TAL ME VA CON JOANNA. NOS VA BIEN.

ME ALEGRO MUCHO.

BRIIING

¡VAYA, MÁS CLIENTES!

SERÁ MEJOR QUE SALGAMOS. TIENES CINCO MINUTOS PARA PREPARARTE, ¿VALE?

DE ACUERDO.

ENSEGUIDA VOY.

Glasgow. Centro de la ciudad. Lunes.

BEN'S FOOD CLUB

SI YO TUVIERA TANTA PASTA, NO CREO QUE COMIERA AQUÍ.

PUEDE QUE ATIENDAN DE MARAVILLA.

QUE TE FOLLEN, PO-LIZONTE.

YA ME *GUSTARÍA*, COLEGA. IR A CASA, VER UN PAR-TIDO DE FÚTBOL..., TIRARME A LA BARTOLA, ECHAR UN POLVO...,

... PERO RESULTA QUE HAN ASESINADO A ESTE PIJO Y EN LAS CÁMARAS DE SEGURIDAD SE VE QUE TU *PALACIO* ES EL ÚLTIMO GARITO EN EL QUE ESTUVO, ASÍ QUE QUIERO HACERTE UNAS PREGUNTAS.

VALE, PERO DAOS PRISA, QUE VUESTRA PESTE ES MALA PARA EL NEGOCIO.

A VER, ALEC VINO EL VIERNES POR LA NOCHE. ¿QUÉ ASPECTO TENÍA?

ME PARECIÓ RARO. HABLABA Y SE COMPORTABA DE FORMA CURIOSA.

¿IBA DROGADO?

SÍ, YO DIRÍA QUE SÍ.

¿ALGO MÁS QUE TE RESULTARA RARO ESA NOCHE?

PUES NO. UN VIERNES NORMAL: KEBABS, PATATAS FRITAS Y PELEAS DE BANDAS.

¿IBA ALEC CON ALGUIEN?

AHORA QUE LO DICES..., SE TIRÓ UNOS MINUTOS HABLANDO CON UN TIPO CON PINTA DE VAGABUNDO EN LA PUERTA, FUERA.

BUENO, PUES YA ESTÁ. NO HA SIDO TAN DIFÍCIL, ¿NO?

Clydebank.
Lunes.

¿TE HA PILLADO LA LLUVIA?

ERES UNA GRAN DETECTIVE.

UN MAL DÍA, ¿EH?

SÍ.

¿QUIERES UN ABRA-ZO?

SÍ.

¿Y HABLAR?

NO.

¡PUES ESTA BIRRA PARA MÍ!

¡EH! ¿QUÉ ERES AHORA, MI MADRE DE ACOGIDA?

¡NO, PERO ES QUE TENGO UNA COSA QUE *CELEBRAR* Y ESO ME DA EL PRIVILEGIO DE BEBER ENTRE SEMANA!

ME HAN ADMITIDO EN LA ESCUELA DE ENFERMERÍA.

¡TOMA!

SNATCH

¡*SABÍA* QUE LO HARÍAN! TÚ ERES LA INTELIGENTE.

¿ASÍ ME VAS A FELICITAR?

ES QUE TAMBIÉN ERES LA *PARDILLA.*

PUES YO VOY A COGER OTRA, PERO TOMÉMONOSLO CON CALMA, QUE MAÑANA ES DÍA DE ESCUELA.

VENGA, NOVATO, QUE *NADIE* ESTÁ JUZGANDO TUS HABILIDADES DE DISEÑO.

SOLO ESTOY INTENTANDO MOVER ESTA COLUMNA.

¡PUTO POWERPOINT!

CALMA, RONNIE. HASTA EL MO-MENTO HAS HECHO UN BUEN TRABAJO. TÚ PRESENTA LO QUE SABEMOS Y TODO IRÁ *BIEN*...

... O IMA-GÍNATELOS A TODOS *DESNUDOS*.

HUM... PASO.

ALEC ERA HUÉRFANO, PERO NO CONSTA EN NINGUNA CASA DE ACOGIDA. EL INFORME DE LA AUTOPSIA DICE QUE MURIÓ DEBIDO A UNA PROFUNDA LACERACIÓN EN EL CUELLO. HEMOS ENCONTRADO HUELLAS DACTILARES EN UNO DE SUS BRAZOS, PERO NO HAY COINCIDENCIAS Y...

¡MIERDA!

LO QUE IBA A DECIR EL INSPECTOR RONNIE ES QUE A LA VÍCTIMA SE LA VIO CON VIDA POR ÚLTIMA VEZ EN LAS CÁMARAS DE VIGILANCIA DE LA CALLE HABLANDO CON UN HOMBRE QUE PARECÍA UN SINTECHO Y QUE LLEVABA UNA GORRA ROJA.

LUEGO, DESPUÉS DE QUE LA VÍCTIMA COMPRARA UN KEBAB, EL HOMBRE DE LA GORRA ROJA LO SIGUIÓ.

NECESITAMOS AYUDA PARA INVESTIGAR A LOS SINTECHO DEL CENTRO DE LA CIUDAD Y PARA COMPROBAR LAS IMÁGENES DE LAS CÁMARAS DE VIGILANCIA DE LA ZONA.

¿ALGUNA PREGUNTA?

¿ESTÁS SEGURA DE QUE TU CHICO ESTÁ PREPARADO?

SOLO SON *NERVIOS*. SE LE PASARÁ. POR ALGUNA RAZÓN LO HABRÁ RECOMENDADO EL DIC.

SÍ, PORQUE QUERÍA *DESHACERSE* DE ÉL. EL APELLIDO LANG *APESTA*..., IGUAL QUE *ÉL*.

TIENE POTENCIAL Y APRENDE RÁPIDO. GRACIAS A ÉL, TENEMOS UNA PISTA SÓLIDA.

SÍ, BUENO..., EL TIPO ESE DE LA GORRA ROJA QUE NADIE VIO EN EL ESCENARIO DEL CRIMEN. ESA PRUEBA ES TAN *SÓLIDA* COMO MI *MIERDA* DESPUÉS DE CENAR FAJITAS.

RESOLVEREMOS EL CASO, SEÑOR. SOLO TENEMOS QUE DAR CON EL DE LA GORRA ROJA.

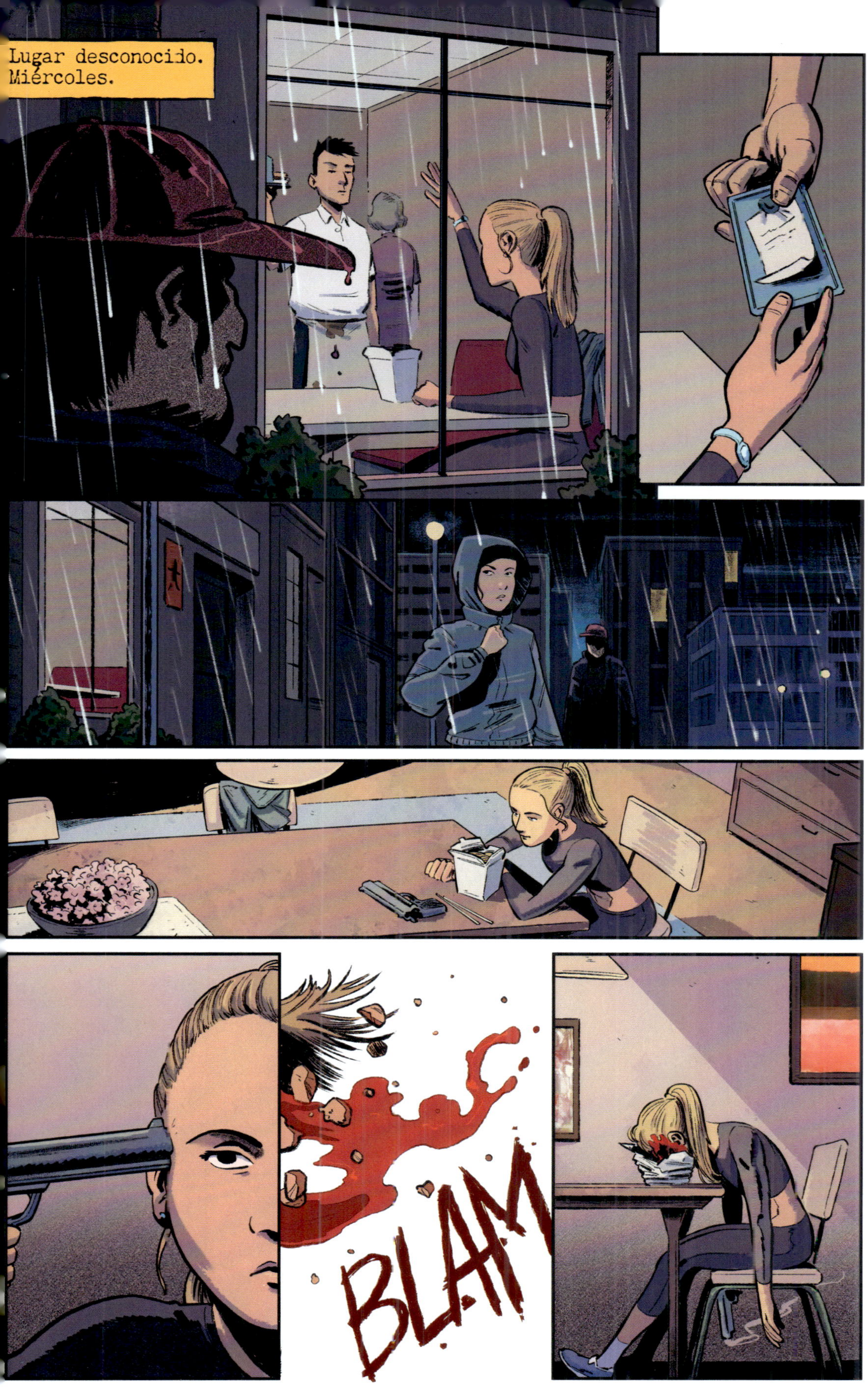

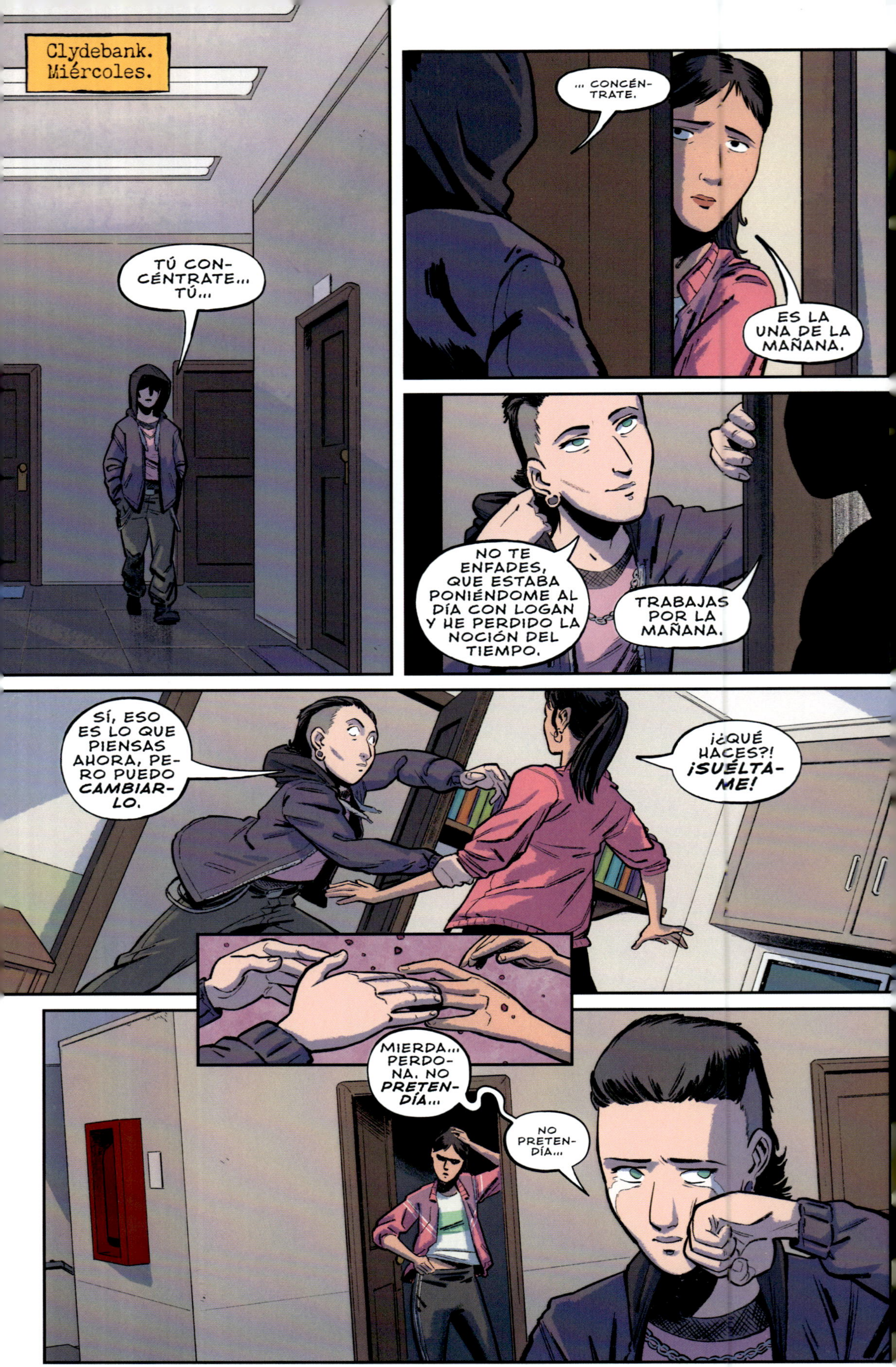

Clydebank. Miércoles.

... CONCÉNTRATE.

ES LA UNA DE LA MAÑANA.

TÚ CONCÉNTRATE... TÚ...

NO TE ENFADES, QUE ESTABA PONIÉNDOME AL DÍA CON LOGAN Y HE PERDIDO LA NOCIÓN DEL TIEMPO.

TRABAJAS POR LA MAÑANA.

SÍ, ESO ES LO QUE PIENSAS AHORA, PERO PUEDO CAMBIARLO.

¡¿QUÉ HACES?! ¡SUÉLTAME!

MIERDA... PERDONA, NO PRETENDÍA...

NO PRETENDÍA...

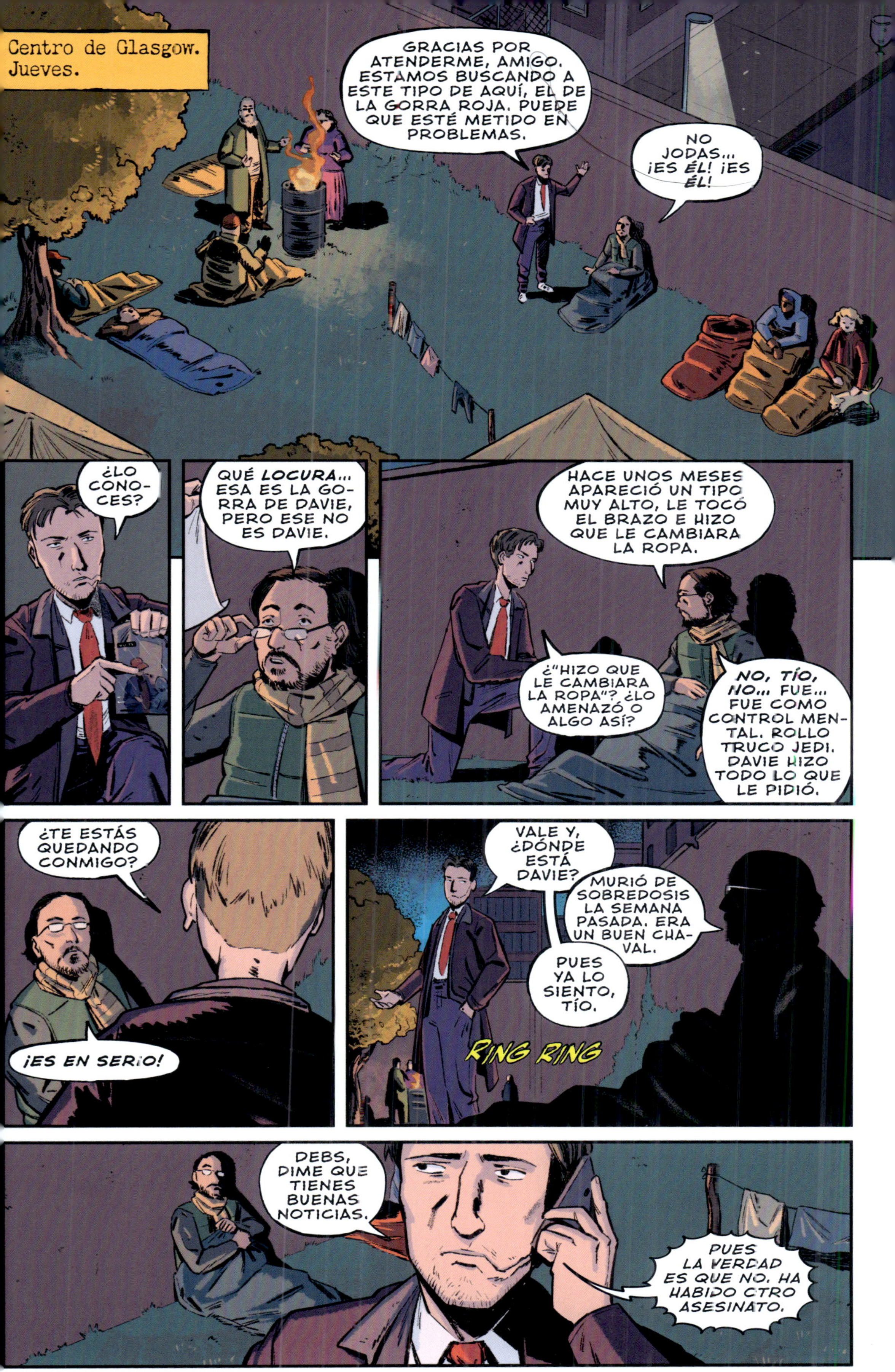

Centro de Glasgow.
Jueves.

GRACIAS POR ATENDERME, AMIGO. ESTAMOS BUSCANDO A ESTE TIPO DE AQUÍ, EL DE LA GORRA ROJA. PUEDE QUE ESTÉ METIDO EN PROBLEMAS.

NO JODAS... ¡ES ÉL! ¡ES ÉL!

¿LO CONOCES?

QUÉ *LOCURA*... ESA ES LA GORRA DE DAVIE, PERO ESE NO ES DAVIE.

HACE UNOS MESES APARECIÓ UN TIPO MUY ALTO, LE TOCÓ EL BRAZO E HIZO QUE LE CAMBIARA LA ROPA.

¿"HIZO QUE LE CAMBIARA LA ROPA"? ¿LO AMENAZÓ O ALGO ASÍ?

NO, TÍO, NO... FUE... FUE COMO CONTROL MENTAL. ROLLO TRUCO JEDI. DAVIE HIZO TODO LO QUE LE PIDIÓ.

¿TE ESTÁS QUEDANDO CONMIGO?

¡ES EN SERIO!

VALE Y, ¿DÓNDE ESTÁ DAVIE?

MURIÓ DE SOBREDOSIS LA SEMANA PASADA. ERA UN BUEN CHAVAL.

PUES YA LO SIENTO, TÍO.

RING RING

DEBS, DIME QUE TIENES BUENAS NOTICIAS.

PUES LA VERDAD ES QUE NO. HA HABIDO OTRO ASESINATO.

LA VÍCTIMA SE LLAMA KIRSTY JORDAN. MISMO *MODUS OPERANDI* QUE EN VUESTRO CASO.

CENA PARA LLEVAR Y SUICIDIO, PERO CON UN TIPO INQUIETANTE Y CON GORRA ROJA EN LAS INMEDIACIONES, MARCAS DE DEDOS EN EL BRAZO. AHORA BIEN, ESO NO ES *TODO*.

HEMOS ENCONTRADO *ESTO*.

COMO VERÉIS, TENÍA UN ARSENAL. ARMAS SUFICIENTES PARA INVADIR UN PAÍS PEQUEÑO.

... JODER.

¿ALGO MÁS SOBRE LA VÍCTIMA?

MUCHA PASTA. HUÉRFANA..., AUNQUE NO SE SABE DE DÓNDE PROVENÍA. ¿Y LA VUESTRA?

¡BINGO!

BUSQUEMOS EN LA BIE* A VER SI HAY ALGÚN HUÉRFANO DE ORIGEN DESCONOCIDO CON ANTECEDENTES. PODRÍA SER UN OBJETIVO.

*BASE DE INTELIGENCIA ESCOCESA.

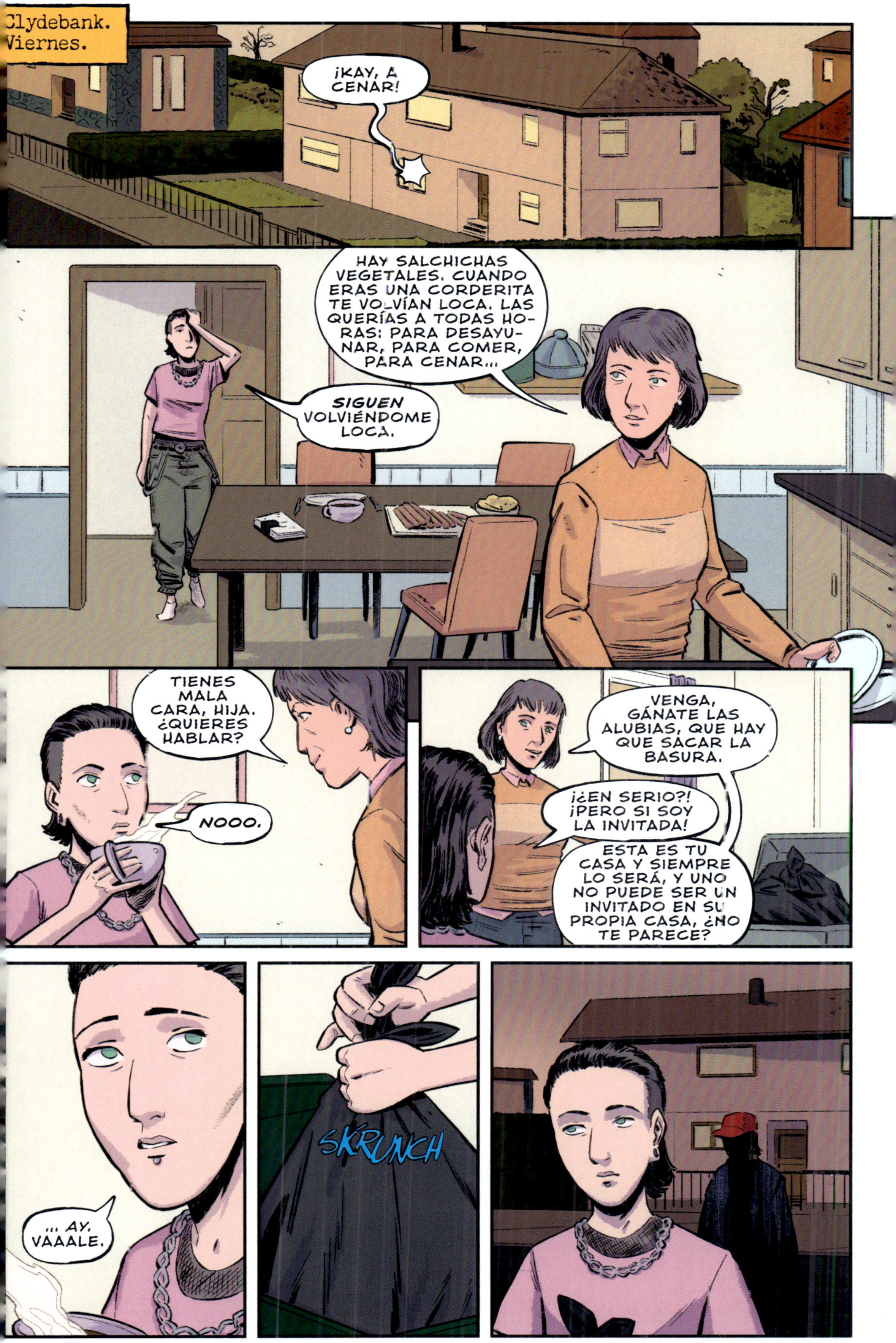

¡KAY, A CENAR!

HAY SALCHICHAS VEGETALES. CUANDO ERAS UNA CORDERITA TE VOLVÍAN LOCA. LAS QUERÍAS A TODAS HORAS: PARA DESAYUNAR, PARA COMER, PARA CENAR...

SIGUEN VOLVIÉNDOME LOCA.

TIENES MALA CARA, HIJA. ¿QUIERES HABLAR?

NOOO.

VENGA, GÁNATE LAS ALUBIAS, QUE HAY QUE SACAR LA BASURA.

¡¿EN SERIO?! ¡PERO SI SOY LA INVITADA!

ESTA ES TU CASA Y SIEMPRE LO SERÁ, Y UNO NO PUEDE SER UN INVITADO EN SU PROPIA CASA, ¿NO TE PARECE?

... AY. VÁAALE.

SKRUNCH

Continuará. . .